魚 市 場

文：安江理惠　圖：田中清代　譯：高明美

這裡是魚市場。
小清的爺爺、爸爸、媽媽
都在魚市場工作。

步步出版

「小清，四點了，起床囉。」
媽媽來叫小清起床。
今天是媽媽答應帶她到魚市場的日子，
小清很快的穿好衣服，坐上車子。

外面黑漆漆，
空氣冰冰涼涼的。
車子在沒有人的路上，
往港口奔馳。
港口的外頭
是一片漆黑的大海，
只有魚市場
亮閃閃的浮現在眼前。

5

到了魚市場，爺爺已在門口等著。

「小清，你來了，爺爺帶你去參觀。」

爺爺牽著小清的手往前走。

「這些魚都是用大貨車從日本各地運過來的喔。」

「爺爺，我看不到魚。」

爺爺輕輕的把小清舉起來。

「看，這是秋刀魚，那邊的是沙丁魚。」

7

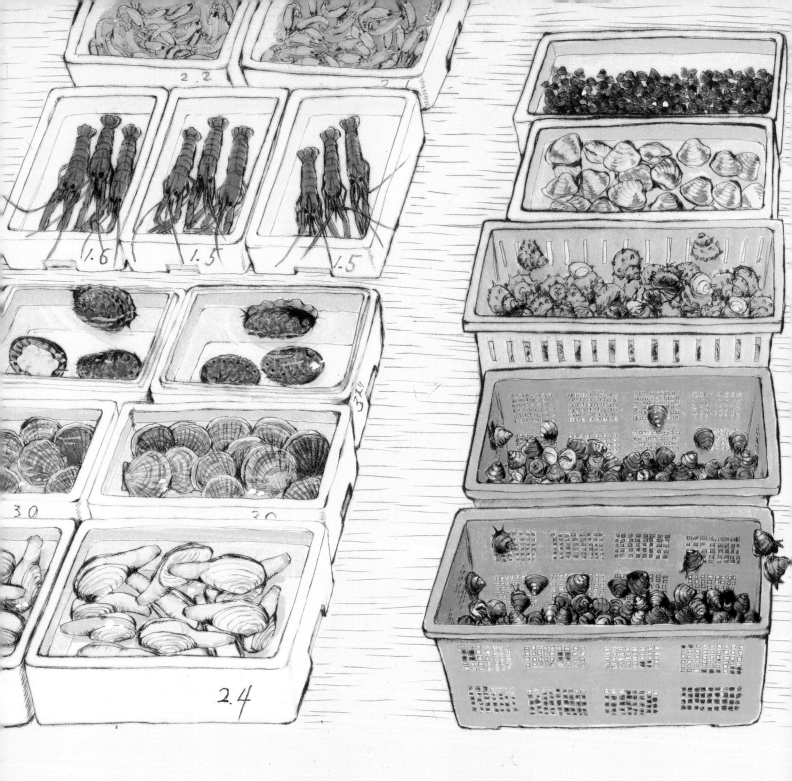

旁ㄆㄤˊ邊ㄅㄧㄢ排ㄆㄞˊ著ㄓㄜ˙的ㄉㄜ˙是ㄕˋ裝ㄓㄨㄤ滿ㄇㄢˇ蝦ㄒㄧㄚ子ㄗ˙
和ㄏㄜˊ各ㄍㄜˋ種ㄓㄨㄥˇ貝ㄅㄟˋ類ㄌㄟˋ的ㄉㄜ˙保ㄅㄠˇ麗ㄌㄧˋ龍ㄌㄨㄥˊ盒ㄏㄜˊ和ㄏㄢˋ籃ㄌㄢˊ子ㄗ˙。

裝著活魚的盒子裡有塑膠管子，把空氣打進去。
鯛魚、鰈魚、龍蝦、帝王蟹，都是這樣保持生鮮的樣子，
賣給料理店和魚店的人。

9

「爺爺，帝王蟹好大隻吔。」
小清注視著螃蟹的時候，爺爺說話了。
「爺爺有件事想請小清幫忙。」
「什麼事？」
「我要請你找一條魚。
這條魚紅紅的，
眼睛是金色、圓溜溜的，
名字叫金眼鯛。
大小就像這麼大。」
爺爺把兩手張開，
比給小清看，
「牠是奶奶
最喜歡的魚喔。」

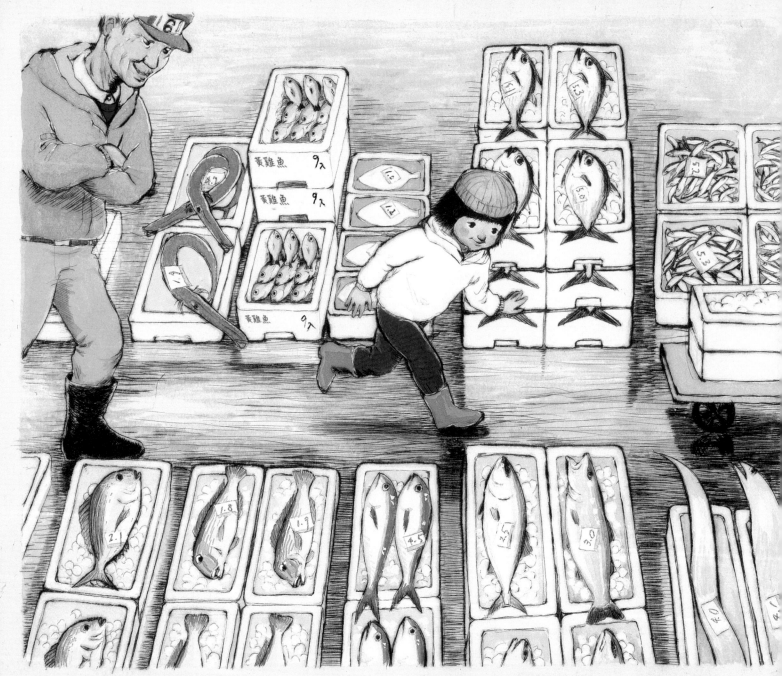

「紅紅的魚、紅紅的魚。」 小清走來走去尋找紅色的魚。

「找到了，爺爺。 是這種嗎？」

「小清， 那是鯛魚。 還要更紅更紅。」

「那， 是這個嗎？」

「那是赤鯛。 牠的眼睛是黑色的吧？

金眼鯛的眼睛是金色， 圓溜溜的喔。」

小清從青魽前面走過，
又穿過一排鰹魚，
差點被迎面而來的推車撞到。
「危險！
走路不能東張西望！」
「啊，爸爸！」
「小清，船剛靠岸了，
和爺爺一起去看吧。」

13

在船塢，起重機正把裝滿魚的漁網吊起來。
一直升到工作臺的上方，
再把綁住魚網網口的繩子鬆開，
魚就唰──的掉下來了。
「這些是近海捕獲的花腹鯖魚。」爺爺說。
花腹鯖魚通過輸送帶，被送進一個大的容器裡。
爺爺說：「接下來，我們去看鮪魚吧。」

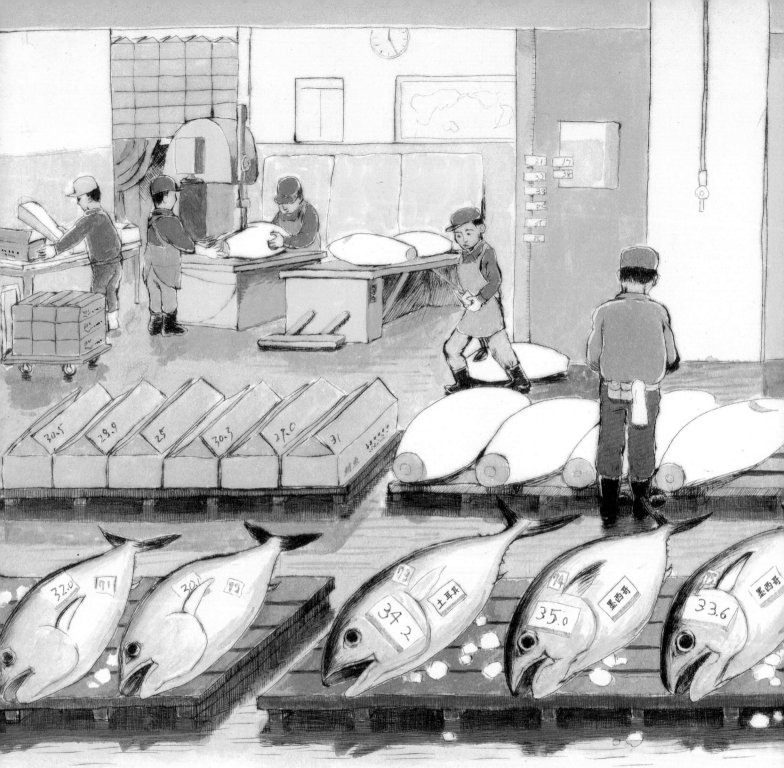

鮪魚賣場裡， 白白的冷凍鮪魚塊一排一排的放在地上。
「那邊白色的是冷凍的， 這邊的是冰鮮的。
你看， 這是在墨西哥捕獲的鮪魚喔。 」
「哇！ 好大！ 」

爺爺說：「小清，
你是不是忘了要找金眼鯛的事啦？」
「啊，對喔。」
小清和爺爺又回到了魚市場。

17

「有了，爺爺。你看，紅紅的，
眼睛圓溜溜，是金色的。
這個就是金眼鯛吧？」小清大聲的說。
「沒錯，你終於找到了。
請媽媽去把牠標下來吧。」

在魚市場的各個角落， 拍賣開始了。

拍賣指的是決定魚價格的競爭，

出價最高的人就可以買下那條魚。

「只有帽子上有號碼的人才能參加拍賣。」

「開始囉！金眼鯛， 多少多少——」

戴著紅帽、 穿紅夾克的叔叔是

主持拍賣的人。

「一百五。」 媽媽出價了。

「一百六。」 「一百七。」

其他的叔叔們一個一個的接著喊價。

「媽媽， 加油加油！」

叔叔的表情、 媽媽的表情都非常嚴肅。

「一百八。」 媽媽喊了。

「一百八、 一百八、 一百八、 一百八成交。」

穿紅夾克的叔叔

把最後成交的價格告訴大家。

媽媽標到金眼鯛了。

拍賣一結束，推車、圓盤車嘩 —— 的全部動了起來。

媽媽和爸爸把標到的魚拖運到小清旁邊。

魚市場裡所有的人都快速的移動。

「魚的新鮮度是最重要的。」爸爸說。

魚店、壽司店、餐廳的人全都到這裡來買魚了。

把拍賣場標到的魚賣給這些人，是中盤商的工作。

小清家就是中盤商。

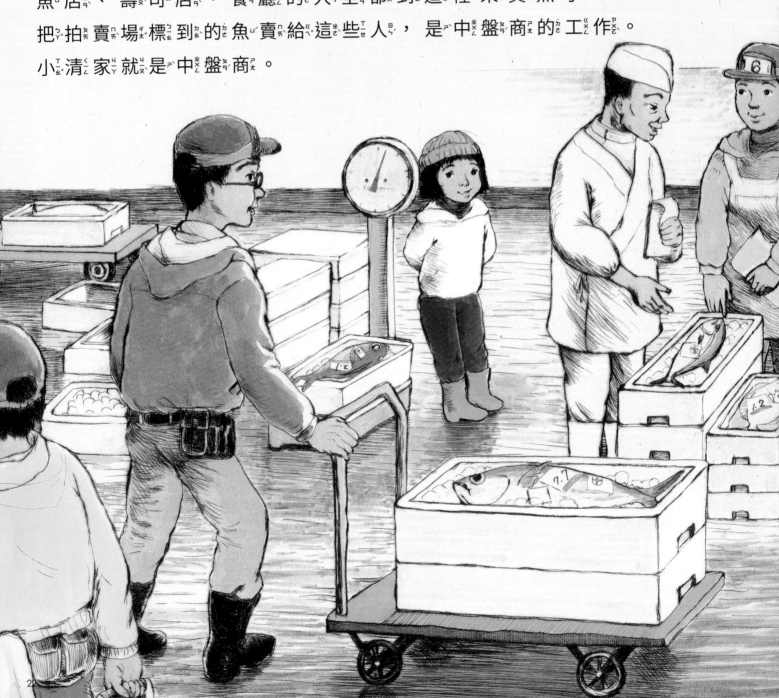

剛才那麼多裝魚的盒子都不見了，
魚市場變得空蕩蕩。
用水把水泥地沖洗得乾乾淨淨，
魚市場今天的工作結束了。

25

晚上，餐桌上擺滿各式各樣的魚料理。
「小清選的金眼鯛，做成好吃的生魚片囉。」爺爺說。
「奶奶最愛吃金眼鯛嘛。」
聽到小清的話，奶奶開心的笑了。

今天是奶奶的生日。
「奶奶，生日快樂！」
「開動！」

作者

安江理惠

兵庫縣出生，成長於橫濱。因為有了孩子，參與了共同保育的工作，之後就開始創作圖畫書。目前住在東京。作品有《青蛙午餐》（1998 年）、《嘿！你更喜歡》（2003 年）、《綠色管子》（2006 年）、《爸爸，蓋住！》（2009 年）等。

畫者

田中清代

神奈川縣出生。畢業於多摩美術大學繪畫科，專攻油畫和銅版畫。1995 年榮獲波隆那國際繪本原畫展聯合國兒童基金會獎（UNICEF）。目前住在靜岡縣。作品有《圓點吉娃娃》（1997 年）、《番茄》、《美津子與蜥蜴》（以上福音館出版）等。

魚市場
うおいちば

文 安江理惠｜圖 田中清代｜翻譯 高明美

步步出版

社長兼總編輯 馮季眉｜編輯 李培如｜美術設計 陳俐君

出版 步步出版／遠足文化事業股份有限公司｜發行 遠足文化事業股份有限公司（讀書共和國出版集團）
地址 231 新北市新店區民權路 108-2 號 9 樓｜電話 (02)2218-1417｜傳真 (02)8667-1065
客服信箱 service@bookrep.com.tw｜網路書店 www.bookrep.com.tw
團體訂購請洽業務部 (02) 2218-1417 分機 1124
法律顧問 華洋法律事務所 蘇文生律師｜印製 中原造像股份有限公司
初版 2017 年 8 月｜二版 2022 年 3 月｜二版五刷 2024 年 7 月
定價 320 元｜書號 1BSI4009｜ISBN 978-626-95662-3-5

FISH MARKET
Text by © Rie Yasue 2008
Illustrations by © Kiyo Tanaka 2008
Originally published by Fukuinkan Shoten Publishers, Inc., Tokyo, Japan, in 2008 under the title of "UOICHIBA"
The Traditional Chinese translation rights arranged with Fukuinkan Shoten Publishers, Inc., Tokyo
All rights reserved

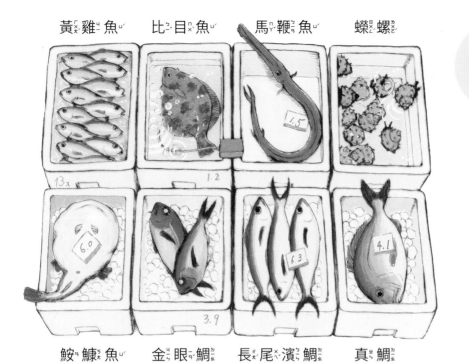

黃_{ㄏㄨㄤ}雞_{ㄐㄧ}魚_ㄩ　比_{ㄅㄧ}目_{ㄇㄨ}魚_ㄩ　馬_{ㄇㄚ}鞭_{ㄅㄧㄢ}魚_ㄩ　蠑_{ㄖㄨㄥ}螺_{ㄌㄨㄛ}

鮟_ㄢ鱇_{ㄎㄤ}魚_ㄩ　金_{ㄐㄧㄣ}眼_{ㄧㄢ}鯛_{ㄉㄧㄠ}　長_{ㄔㄤ}尾_{ㄨㄟ}濱_{ㄅㄧㄣ}鯛_{ㄉㄧㄠ}　真_{ㄓㄣ}鯛_{ㄉㄧㄠ}

封面

**這本書登場的
主要魚貝類**

長_{ㄔㄤ}鬚_{ㄒㄩ}蝦_{ㄒㄧㄚ}

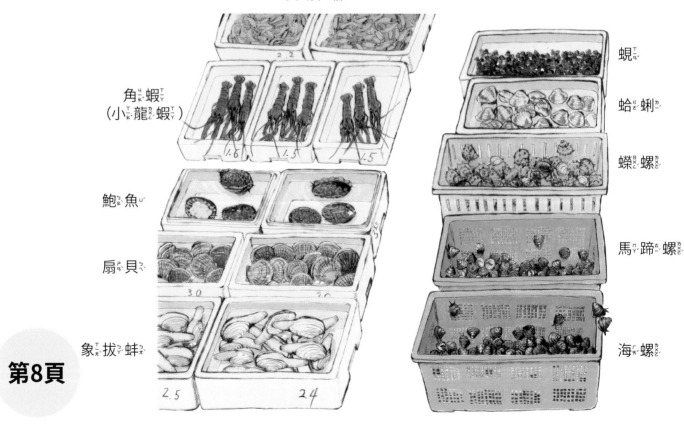

角_{ㄐㄩㄝ}蝦_{ㄒㄧㄚ}
（小_{ㄒㄧㄠ}龍_{ㄌㄨㄥ}蝦_{ㄒㄧㄚ}）

鮑_{ㄅㄠ}魚_ㄩ

扇_{ㄕㄢ}貝_{ㄅㄟ}

象_{ㄒㄧㄤ}拔_{ㄅㄚ}蚌_{ㄅㄤ}

蜆_{ㄒㄧㄢ}

蛤_{ㄍㄜ}蜊_{ㄌㄧ}

蠑_{ㄖㄨㄥ}螺_{ㄌㄨㄛ}

馬_{ㄇㄚ}蹄_{ㄊㄧ}螺_{ㄌㄨㄛ}

海_{ㄏㄞ}螺_{ㄌㄨㄛ}

第8頁

第12頁

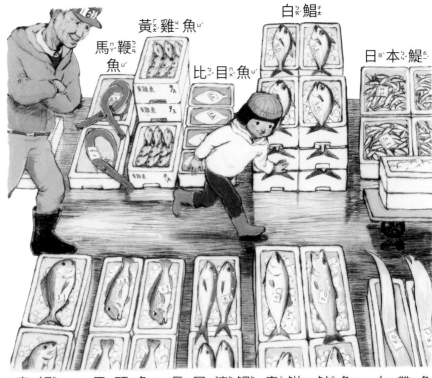

馬鞭魚　黃雞魚　比目魚　白鯧　日本鯷

第9頁

真鯛　馬頭魚　長尾濱鯛　青魽　鮭魚　白帶魚

槍烏賊　真鯛　魴鮄　虎河豚　斑節蝦

（中間由左至右）
鰈魚
鰈魚
龍蝦
高腳蟹
烏賊

真鯛　章魚　帝王蟹

感謝洄游吧 fish bar 校審本書魚名

31

帶孩子一起逛魚市場

文／鄭明進

　　當我拿到《魚市場》這本圖畫書的時候，首先看到封面上的八個保麗龍盒裡的黃雞魚、比目魚、馬鞭魚、蠑螺、鮟鱇魚、金眼鯛、長尾濱鯛、真鯛，然後又翻開書的內頁第八頁，有長鬚蝦、龍蝦、鮑魚、干貝、蜆、蛤蜊、馬蹄螺及第九頁的槍烏賊、真鯛、魛魳、斑節蝦、真鯛、章魚、帝王蟹、鰈魚、龍蝦、長腳蟹、槍烏賊、烏賊，以及第十二頁黃雞魚、比目魚、白鯧、日本鯷魚、真鯛、馬頭魚、長尾濱鯛、青魽、鮭魚等二、三十多種魚類、甲殼類、貝類和頭足類的海洋生物的圖像時，切切實實的感受到魚市場的海產真是琳瑯滿目。

　　這本圖畫書的創作背景是日本東京附近的靜岡縣沼津魚市場，作者安江理惠第一次到魚市場取材時，看到整個市場充斥著來自全國各地的魚類、蝦貝類，海洋漁產的豐富多樣性以及市場內活力充沛的景象，讓他大開眼界。在眾多漁產中，最吸引他的就是金眼鯛，名副其實的，金眼鯛的眼睛閃著金色的光芒，全身赤紅，是市場中的一大亮點，牠也因此成了本書的

重要角色。畫家田中清代則又是拍照又是速寫，然後把牠做成生魚片或醃製烹煮，可說是從頭到尾徹底瞭解了金眼鯛，難怪他筆下的金眼鯛是如此鮮豔奪目，栩栩如生！（第十八到十九頁）

　　這本書的主角小清的爺爺、爸爸、媽媽都在魚市場工作，今天是小清第一次到魚市場。全書用小孩的視角帶領讀者逛魚市場，不僅認識了各種魚類、蝦貝等漁產，認識了餐桌上美味海鮮的交易場所，更讓孩子們透過小清的眼睛，看到大人們在市場忙碌工作的身影，充滿了生活氣息。全書用寫實的畫法，精準的描繪出魚市場的實景和工作流程，但筆調溫暖而生動，是一本讓孩子非常容易親近的、好的科學圖畫書。